A.-O. PINCHART

Le Golgotha

SONNETS

PARIS (V^e)

" Editions Spes "

17, rue Soufflot, 17

—

1926

Le Golgotha

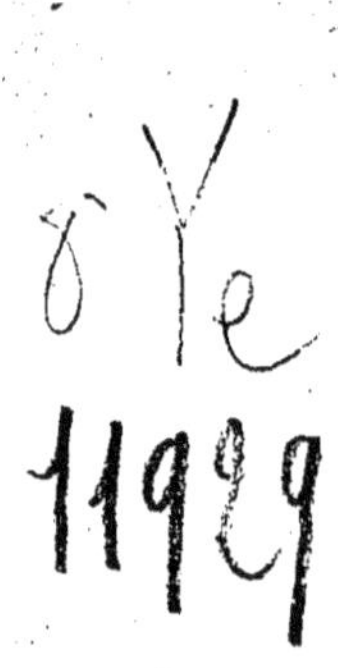

A.-O. PINCHART

Le Golgotha

SONNETS

PARIS (V^e)

" Editions Spes "

17, rue Soufflot, 17

—

1926

Il a été tiré de cet ouvrage douze exemplaires sur velin pur fil des Papeteries Lafuma, numérotés de 1 à 12.

A Anna-Maria BRACQ,

son mari,

A.-O. P.

A l'heure où l'humanité chancelle sous le fardeau de son inquiétude, de ses iniquités, de son égoïsme, nous avons voulu, en écrivant ce livre, rappeler aux hommes, qui les oublient, les immortelles paroles d'espérance, de justice et d'amour prononcées par Jésus.

Né sur la paille d'une crèche, au milieu des frimas de l'hiver — grandi dans la pauvreté, parmi les humbles de son entourage — compatissant à toutes les infortunes du corps — miséricordieux pour les détresses de l'âme — Il parcourut les étapes de sa route terrestre avec la sérénité du Sage, la mansuétude du Juge, la foi de l'Apôtre, le renoncement du Martyr.

Adoré dès sa naissance par les pasteurs et par les rois, Il accepta les trésors des monarques, mais Il leur préféra les présents des bergers dont Il se fit l'égal.

Il irritait les docteurs de la loi qui se refusaient à reconnaître la divinité de sa doctrine, mais Il réconfortait les ignorants par la douceur de ses paraboles.

Sur ses pas accourait la foule des affligés, des errants, des craintifs.

Sa robe frôlait de sa candeur les haillons souillés des mendiants.

Sa voix caressait de ses exhortations les âmes dolentes des malheureux.

Son regard dissipait toutes les angoisses.

Sa main fermait toutes les plaies.

Et il imposait silence aux malades qu'il avait guéris...

« Laissez venir à moi les petits enfants!... », disait-Il, et Il les bénissait.

Plus clément que les hommes dont elles sont les imprudentes victimes, qu'ils lapident ensuite, Il par-

donnait à la femme adultère, Il relevait la courtisane, en leur remettant leurs péchés.

Sa colère chassait les marchands du Temple.

Son aménité conviait au festin des noces les
pauvres et les infirmes.

Il enseignait la charité :

Si vous ne donnez que votre « superflu et le
reste de votre abondance », sans vous imposer
aucune privation, vous donnez moins que les deux
petites pièces d'un liard de la veuve, « car celle-ci a
donné tout ce qu'elle avait et tout son vivre » (1).

Il prêchait l'humilité :

« Ne cherchez pas les premières places » (2) et, si
vous les occupez un jour, redoutez de vous y plaire.

Car vous êtes le frère de votre subalterne et toute
autorité n'est qu'une servitude.

Il ordonnait le mépris des richesses :

« En quelque abondance qu'on soit, la vie ne
consiste pas en ce qu'on possède. Insensé, vous mour-
rez cette nuit. On vous redemandera votre âme (3). »

(1) Luc, XI, 53-54.   (2) Matth., XXIII, 6.   (3) Luc, XII, 15.

Puis Il disait encore :

« Aimez-vous les uns les autres. »

« Pardonnez les offenses. »

« Paix sur la terre aux hommes de bonne volonté. »

*
* *

Et les hommes le crucifièrent...

A.-O. Pinchart.

Le Pays de Jésus

Le soleil a percé les brumes du matin...

Le soleil a percé les brumes du matin :
D'un ruissellement d'or la solitude est pleine,
Une alouette chante au ciel sa cantilène,
Et l'écho la redit sur un rythme incertain.

La route poussiéreuse allonge en serpentin
Ses méandres déserts et s'égare en la plaine...
Le vent passe, accablant de sa brûlante haleine
La caravane en marche à l'horizon lointain.

Sous le fer des chevaux, parfois un caillou sonne
Avec un bruit étrange et grave, que personne
N'entend jamais ailleurs, et qu'on ne comprend pas.

Est-ce un blâme, un éloge aux pèlerins... Qu'importe !
Un léger poudroiement s'élève sur leurs pas,
Les entoure et s'envole au souffle qui l'emporte...

Comme des exilés...

Comme des exilés, par un ordre brutal,
Rentrent dans leur pays après leur peine faite,
Ou comme des guerriers, ignorant la défaite,
Reprennent le chemin du village natal,

Sous la troublante paix du ciel oriental,
Les pèlerins s'en vont, las, mais le cœur en fête,
Car ils ont aperçu confusément, au faîte
Du mont qui la supporte ainsi qu'un piédestal,

La Ville qu'ils cherchaient, la Bethléem unique,
Ineffable patrie, où l'homme communique,
S'il croit et s'il espère, avec Dieu de plus près.

Rose dans un brouillard de rose mousseline,
Avec ses clochers blancs et ses blancs minarets,
Elle apparaît, lointaine, au soleil qui décline...

C'est l'heure...

C'est l'heure où les troupeaux reviennent tour à tour,
Avec un tintement assourdi de sonnaille,
Et montent lentement de brousaille en brousaille,
Guidés par les pasteurs soucieux du retour.

Leur défilé s'allonge et se perd au détour
Du sentier millénaire encombré de pierraille,
Puis apparaît encor, tout là-bas, en grisaille,
Sous les oliviers noirs des sommets d'alentour.

Dans un bruissement de rumeurs indécises,
La voix des laboureurs, l'angélus des églises,
Semblent mourir ce soir pour renaître demain.

La plainte des grillons s'affaiblit et s'achève,
Puis la nuit, plus obscure, efface le chemin
Qui reparaît tout blanc quand la lune se lève.

Bethléem

Bethléem ! Nom béni de l'antique cité
Où devait naître un Juste, envoyé sur la terre,
Pour donner à chacun l'enseignement austère
Du mutuel bonheur dans la fraternité.

Tout s'écroule ici-bas sous l'effort répété
Des siècles destructeurs : l'amour passe ou s'altère,
Les corps vont au linceul, les âmes au mystère,
La science est néant, la gloire, vanité.

Pourtant deux simples mots d'une langue inconnue
Il y a deux mille ans, résonnent dans la nue,
Et semblent défier les âges à venir :

Bethléem et Jésus !... L'Enfant et la Patrie,
L'étable et le berceau restés pour soutenir
L'infortuné qui pleure et le croyant qui prie.

Beit-Djibrin

Les restes des remparts bâtis par Ptolémée,
Témoins de vieux exploits et d'antiques revers,
Rappellent, sous les fleurs dont ils sont recouverts,
Comment devaient mourir les villes d'Idumée.

Tous les parfums d'avril, sur la plaine embaumée,
Montent, comme un encens, des calices ouverts,
Pendant que les troupeaux, dans les herbages verts,
Ruminent lentement, comme à l'accoutumée.

C'est la " Terre Promise " où le lait et le miel,
Sous la magnificence éternelle du ciel,
Pour les peuples pasteurs, selon la Bible, coulent....

Quand le soir va confondre orges et cyclamens,
De frémissants ramiers, dans les branches, roucoulent,
Avant de s'accoupler pour de féconds hymens.

Jérusalem, la nuit

Les cantiques du soir lentement vont se taire,
Leurs ultimes accords meurent dans le lointain.....
Aux tremblantes lueurs des cierges qu'on éteint,
La prière agonise en chaque monastère.

Les flammes du couchant déclinent sur la terre :
Un demi-jour obscur flotte encore, incertain,
Puis l'ombre envahissante étend, jusqu'au matin,
Sur la paix du sommeil son éternel mystère.

Les frontons des créneaux entourant la cité
Se découpent en noir dans la limpidité
Et la molle fraîcheur des nuits de Palestine.

La lune qui se lève ourle d'un rayon bleu
Le temple musulman et l'église latine,
Sans distinguer l'autel du faux ou du vrai Dieu.

Femmes de Judée

La Palestine en fleurs est un vaste encensoir.
Les aromes errants, dont la campagne est pleine,
Exhalent jusqu'au ciel leur enivrante haleine,
Tel un chant d'orgue monte aux pierres du voussoir.

Au milieu des rumeurs qui précèdent le soir,
Parmi la pourpre et l'or épandus sur la plaine,
Les femmes de Judée, en leur robe de laine,
Rapportent l'eau du puits ou l'huile du pressoir.

Comme au temps où Jésus prêchait son Évangile,
Un de leurs bras levé soutient l'urne d'argile
Sur leur front de madone aux grands yeux de velours.

Et pendant qu'elles vont, pensives, on devine,
Voilé par leur tunique aux plis nobles et lourds,
Le galbe harmonieux d'une amphore divine.

Le Gethsémani

Une blonde lueur éclaire l'infini,
L'aurore d'Orient, virginale et nacrée,
Aux premiers feux du jour que sa lumière crée,
Couronne de rayons l'âpre Gethsémani,

Le souvenir d'un Juste est pour toujours uni
A cet endroit funèbre où, l'âme déchirée,
Il passa dans l'effroi son ultime soirée
Avant le douloureux " lamma Sabacthani ".

Huit oliviers tordus par des souffles sans nombre,
Sur les fleurs de l'enclos laissant flotter une ombre
Où tremblent en points d'or des gouttes de soleil.

Face au jardin désert, Jérusalem se dresse,
Et la sérénité du firmament vermeil
Les réunit tous deux sous la même caresse.

La Vallée de Josaphat

Des remparts de Sion, la lugubre vallée,
De l'éternel repos, terme de tout chagrin,
Semble, en sa profondeur, un couloir souterrain
Où pourrissent les os des Juifs de Galilée.

Point d'arbres ni de fleurs sur la terre brûlée...
Le gouffre, où quelquefois s'attarde un pèlerin,
Attend que le fracas des trompettes d'airain
Réveille les défunts sous chaque mausolée.

Les sculpteurs occupés, dans le jour qui finit,
A graver de vains noms sur des blocs de granit,
Font, en ce lieu de pleurs, chanter l'âme des pierres.

Et l'on dirait la voix de ceux dont le trépas
A fermé pour toujours leurs tremblantes paupières,
Qui monte des tombeaux vers Dieu qui ne meurt pas.

Jéricho

Les versants du Moab que le bitume érode,
Et la Sodomitide éclatante au lointain,
Bornent l'âpre désert où les chants du matin
Eveillaient autrefois la Jéricho d'Hérode.

Le temps a respecté l'oasis d'émeraude,
Mais les pierres des murs, fauchés par le destin,
Dorment près d'une eau morte aux luisances d'étain...
Où Salomon passa, seul un Arabe rôde.

Trois fois s'appesantit le céleste courroux
Sur la ville maudite et ses champs de blé roux,
Quand les sources jasaient sous des buissons de roses.

Et rien ne reste plus, en ce lieu dévasté,
Par les midis brûlants ou par les aubes roses,
Que le ciel, immuable en son immensité.

Le Désert de Juda

Aucun bruissement ne trouble l'étendue.
Sous une lourde paix de tombe ou de prison,
L'air tremble au ras du sol, pendant qu'à l'horizon
La terre avec le ciel apparaît confondue.

Le temps semble arrêté dans sa course éperdue,
Et l'espace torride, aux lueurs de tison,
Est vide comme un temple où pas une oraison
Depuis des milliers d'ans ne serait entendue.

Le désert est figé dans l'immobilité :
Rien ne vit, rien ne meurt en cette immensité
Dont le rayonnement irrite les paupières.

Quelquefois, aux confins de la plaine qui dort,
Se dessine, au-dessus de la houle des pierres,
Un mirage de pourpre aux rutilances d'or...

La Mer Morte

Un soleil morne — un air brûlant — une eau qui dort.
Pas un écho — pas un frisson — pas un murmure :
Un linceul de silence étouffe la nature
Sur qui pèsent toujours l'anathème et la mort.

Une mer sans navire et des rives sans port,
C'est tout... L'espace est vide et nul ne s'aventure
En ces lieux, où ne vit aucune créature,
Sans qu'un frisson d'effroi ne l'étreigne d'abord.

Les sommets du Moab, environnés de brume,
Sombres, sous l'éternel suintement de bitume
Qui s'écoule en laissant des sillons irisés,

Et les monts de Juda, blafards au soir qui tombe,
Ont un air recueilli de gardes préposés,
Dans le calme des cieux, à veiller une tombe.

Le Moab

Dans l'éblouissement d'une lumière hostile,
Sous l'averse de feu qui tombe vers midi,
Les versants du Moab, contemplés d'En-Gadi,
S'érigent, fabuleux de splendeur inutile.

C'est une architecture étrange et d'aucun style
Qui barre le désert, un ensemble hardi
De colonnes sans nombre au galbe rebondi,
Formant un titanesque et vague péristyle.

Puis ce sont des frontons que la foudre tronqua,
Des pilastres, des tours aux reflets de mica,
Des coupoles de gypse ou des dômes d'albâtre.

Et des vagues lointains jusqu'aux mornes entours
Où passèrent jadis Hérode et Cléopâtre,
S'affirme le néant des hommes et des jours.

Tibériade

Les villes d'autrefois sont mortes pour toujours.
Seule, Tibériade, au bord de l'eau, pensive,
Reste debout et rêve en voyant sur la rive
Se refléter en noir l'image de ses tours.

Quelque frêle palmier médite aux alentours ;
Des lointains violets aucun souffle n'arrive,
Et la ligne des monts s'estompe, fugitive,
Dans le brouillard laiteux qui frange leurs contours.

Ici, pas un pêcheur, et là-bas, pas un pâtre...
Rien que des roseaux gris bordant la mer bleuâtre
Qui s'illumine encore à la pourpre du soir.

La cime de l'Hermon, toute blanche, contemple
Cet endroit où Jésus aimait venir s'asseoir,
Et priait Dieu le Père ainsi que dans un temple.

Le Lac de Tibériade

Entre l'ourlet des monts, la mer de Galilée,
Comme une courtisane au milieu d'un lit d'or,
Nonchalante, frémit sous l'éternel décor,
De l'aube lumineuse à la nuit étoilée.

Une odeur de lavande, à la brise mêlée,
Parmi les tamarins circule, et flotte encor
Sur la nappe d'azur où, dans un même essor,
Tous les oiseaux-pêcheurs vont prendre leur volée.

L'air est plus transparent qu'une urne de cristal.
De subites lueurs, aux reflets de métal,
Illuminent les eaux qui miroitent sans trêve.

Et le lac, solitaire après avoir porté
Le blond Nazaréen sur ses flots et sa grève,
L'évoque dans sa gloire et son humilité.

Nocturne Palestinien

Les monts de Galaad, bleuis par la distance,
Se profilent, confus, à la chute du jour ;
Et le Thabor brumeux s'enténèbre à son tour,
Pour disparaître enfin sous la nuit qui s'avance.

Un paisible angélus tinte dans le silence,
Sa prière s'envole aux cimes d'alentour...
Nazareth se recueille, chrétienne, toujours,
Pendant que la clameur des chiens errants commence.

La lune d'Orient, pâle en un ciel profond,
Argente les blés roux des plaines d'Esdrelon,
Et les orges courbés au souffle de la brise.

La campagne déserte et les épis tremblants
Ne font plus au lointain qu'une ligne indécise,
Et sur les cyprès noirs passent des reflets blancs.

La Foi des Autres

Devant le Mur des Pleurs

A la base du Mur trente fois séculaire,
D'où le Temple détruit se dressait vers les cieux,
Les fils de Josué, lents et silencieux,
Sont venus évoquer la céleste colère.

Tous vêtus de velours, heurtant du front la pierre,
Dandinants et courbés, la crainte au fond des yeux,
Ils exhalent, devant les blocs prodigieux,
Le long chevrotement d'une étrange prière :

« A cause de nos rois chassés de toutes parts !
A cause des palais saccagés, des remparts
Détruits !... Nous sanglotons vaincus et solitaires !... »

Et depuis si longtemps que les Juifs sont maudits,
Ils mêlent néanmoins à leurs plaintes austères
Un cri d'orgueil: «Dieu des Vengeances, resplendis!..»

Les Pèlerins de la Mecque

Le visage tourné vers la ville bénie
Que Mahomet lui-même, en tremblant, contempla,
Les pèlerins, groupés sans ordre, çà et là,
Redisent l'immuable et sainte litanie.

Fanatique et vibrante en sa monotonie,
Elle exalte sans fin les louanges d'Allah ;
Et l'Arabe superbe avec l'humble Fellah,
Dans un ravissement d'extase communie.

Toute une humanité se prosterne : Persans,
Pâtres d'Anatolie, et pachas tout-puissants,
Montagnards de l'Atlas, Turcomans et Tartares,

Malades qui s'en vont sans espoir de retour,
Peuples mêlés, avec leurs beautés et leurs tares,
S'affolent d'espérance et se grisent d'amour.

Chez les Russes

Dans le temple fleuri de gerbes d'asphodèles,
Où les icones d'or resplendissent d'émaux,
S'élève, radieux, en ce jour des Rameaux,
Un chant d'abord plus doux qu'un bruissement d'ailes.

Au milieu de l'encens, des cierges, des fidèles,
Des simarres, des croix, des mitres, des fermaux,
Il monte, grandiose en ses fortissimos,
Jusqu'aux voûtes des nefs, pour se taire auprès d'elles.

Sans cesse il recommence, et toujours il grandit,
Plus large et plus sonore après le " Gospodi ",
Quand se courbent les fronts devant l'iconostase.

Puis les chantres, soudain, restent silencieux,
Et l'on devine alors, en la commune extase,
L'ardente ascension des âmes vers les cieux.

Le Muezzin

Les murmures du soir, que l'ombre idéalise,
Flottent confusément dans le jour qui s'éteint ;
Les bibliques sommets s'effacent au lointain,
Pendant qu'à Nazareth meurent les chants d'église.

Dans la brume d'argent la nature s'enlise,
Les toits ne forment plus qu'un ensemble incertain,
Et, du haut minaret, la voix du Muezzin
Jette aux bornes du ciel le chant qu'il vocalise.

Il monte fabuleux en son étrangeté,
S'enfle, tombe, se tord, s'exalte, répété
Sur des rythmes divers : plainte, oraison, cantique.

Les mots après les mots se heurtent longuement,
Le rauque " Allah akbar " résonne, fanatique...
Puis l'éternel silence emplit le firmament.

Le Précurseur

Saint Jean le Précurseur

Dans le rayonnement de l'espace infini,
A genoux sur le sol que le soleil effrite,
Le Précurseur, le torse à demi nu, médite
Parmi l'aridité des roches de granit.

Son regard, que jamais le doute n'a terni,
Sous la frange des cils presque fermés s'abrite ;
Et parfois, du Jourdain jusqu'au lac Asphaltite,
Sa voix passe, vibrante, et condamne ou bénit.

Par l'extase et la faim, sa face qui se creuse
Atteste en sa maigreur la règle rigoureuse
A laquelle s'astreint le mystique exalté...

Or, un jour de printemps, les cieux, la terre et l'onde
Virent le Fils de l'Homme, avec humilité,
Sous la main de saint Jean courber sa tête blonde.

Salomé

> — *Tout ce que tu voudras, demande-*
> *le moi, je te le donnerai.*
>
> Hérode

> — *Donne-moi, ici même, dans un*
> *plat, la tête de Jean-Baptiste.*
>
> Salomé

Le Tétrarque l'admire...

Le Tétrarque l'admire en *ses* légers atours,
Quand *sa* croupe *s*'émeut, bondissante ou bercée
Parmi le friselis de la gaze froissée,
Comme aux souffles du soir la glycine des tours,

Il contemple, ravi, les suaves contours
D'une gorge que nul en *ses* mains n'a pressée,
Et l'éclat de *sa* chair allume en *sa* pensée
L'impudique transport des coupables amours.

Son altière beauté le grise, l'ensorcelle,
Et tandis qu'au dehors l'eau des vasques ruisselle,
Les flammes du désir lui consument le cœur.

Puis Salomé *s*'arrête et fixe pour salaire,
Les seins droits, et cambrée en un geste vainqueur,
La tête de saint Jean, qu'on tranche pour lui plaire.

Deux Sanctuaires

Hier -, Aujourd'hui

Le Temple

Quand le soleil mourant achève son parcours,
Le Temple d'Israël, énorme et solitaire,
Allonge à l'Orient son ombre sur la terre
En l'ultime lueur de la chute des jours.

Puis l'ensemble sacré des parvis et des tours,
A l'heure violette où tout bruit va se taire,
Se couvre lentement d'un voile de mystère,
Et s'efface en la nuit qui tombe aux alentours.

Entre les fûts de marbre, aux bases colossales,
Le silence envahit les innombrables salles
Qui sommeillent au fond d'immenses corridors.

Seul le feu rituel, sous la brise, promène
Ses rougeâtres reflets sur les murs plaqués d'or,
Et brille en tremblotant comme une étoile humaine.

Le Saint Sépulcre

Des arceaux, des couloirs, des nefs de cathédrale,
Des temples souterrains où s'étouffe tout bruit,
Des voûtes, des trous d'ombres entourent le réduit
D'où s'élève du sol la roche sépulcrale.

La flamme des flambeaux se contourne en spirale
Au vent des souffles lourds qui roulent dans la nuit,
Et la foule, qu'un prêtre en chasuble conduit,
Chante, implore ou gémit d'une voix gutturale.

Les mendiants tordus, que heurtent les passants,
Grouillent sous des haillons, et mêlent à l'encens
Leur fade et répugnante odeur de pourriture.

Et depuis deux mille ans, la même humanité
Arrose de ses pleurs la Sainte Sépulture
Où des hommes d'un jour frôlent l'éternité.

La Vierge

La Vierge au Rouet

Dans la simplicité de sa chambre aux murs blancs,
Que parfument les lys dont la plaine est fleurie,
Le paisible destin de la Vierge Marie
S'écoule au gré des jours monotones et lents.

L'humble femme, en l'ardeur de mystiques élans,
File de l'aube au soir le lin candide et prie...
La chanson des fuseaux charme sa rêverie,
Et soutient les efforts de ses doigts vigilants.

Servante du Seigneur, à sa tâche fidèle,
Il faut, pour recevoir le Dieu qui naîtra d'Elle,
Que sa couche soit prête et ses langes cousus.

Et parfois, se hâtant sur le sol qu'Elle effleure,
Aux travaux du ménage, Elle offre, selon l'heure,
La pureté des mains qui berceront Jésus.

4

La Vierge à l'Amphore

Dans la tiède langueur des beaux soirs de printemps,
Toute blanche, parmi la pénombre naissante,
La Vierge, qui fut mère en restant innocente,
Chemine, harmonieuse, en ses voiles flottants,

Elle va vers la source où, depuis d'anciens temps,
S'abreuvent les pasteurs à l'onde jaillissante,
Y plonge son amphore, et remonte la sente
Dont le sol caillouteux rend ses pas hésitants.

Les lauriers et les lys épars, sur la colline,
Semblent, quand devant Elle un souffle les incline,
Saluer de leurs fleurs sa candide beauté.

Et, tout en gravissant la route coutumière,
Pendant qu'aux alentours tombe l'obscurité,
Son corps immaculé se nimbe de lumière.

L'Annonciation

*« Quelle est cette femme, belle comme
le soleil et radieuse comme l'astre des nuits ? »*

Je vous salue, Marie

« Je vous salue, Marie... » Une douce clarté
Emplit soudain la chambre où la Vierge en prière
Répète chaque soir l'oraison journalière,
A l'heure où le silence emplit l'immensité.

Un ange, tout près d'Elle, avec l'humilité
D'un sujet ébloui par une reine altière,
Murmure, agenouillé sur les dalles de pierre :
« Je vous salue, Marie, en votre pureté !

« Vous êtes ici-bas, pleine de grâce, ô Femme !
Le Seigneur est en Vous, Il a béni votre âme,
Et ses célestes dons vous les avez reçus.

« Afin que sa doctrine, un jour, soit révélée,
Entre vos chastes flancs de Mère immaculée,
Vous concevrez un Fils qu'on nommera Jésus. »

L'Eternel, par ma voix...

—" L'Eternel, par ma voix, vous l'annonce, Marie :
Votre Fils sera grand sur terre et dans les cieux ;
Il régnera sur le pays de ses aïeux,
Et chaque nation deviendra Sa patrie.

" Il sera le Pasteur qu'on vénère et qu'on prie,
Le pardon triomphant, l'amour victorieux,
Le Dieu qui chassera des temples les faux dieux,
Et le libérateur qu'attendait Zacharie.

—" Ma robe est innocente, et j'ai fait le serment,
D'être pure toujours ", lui répond doucement
La Vierge au front penché qu'une gloire auréole,

—" L'Esprit-Saint du Très-Haut va s'incarner en Vous,
Et vous enfanterez sans connaître d'époux... "
—" Alors, qu'il me soit fait selon votre parole. "

La Nativité

L'Étable de Bethléem

A travers Bethléem, Joseph près de Marie
Que fatigue le poids de sa Maternité,
Chemine tristement par l'antique cité
Où ne s'ouvre pour eux aucune hôtellerie.

Sous la brume d'hiver, ils vont, l'âme meurtrie,
Courbés et grelottants sous l'âpre humidité,
Puis arrivent enfin, fiévreux d'anxiété,
Près d'un réduit obscur : étable ou bergerie.

Ils entrent. Les bestiaux au seul bruit de leurs pas
Se retournent vers eux, qu'ils ne connaissent pas,
Et cessent de tirer la paille de leur crèche...

Ils regardent, surpris, la Vierge au manteau bleu
S'asseoir en soupirant sur la litière fraîche,
Où, dans sa pauvreté, va s'incarner un Dieu.

L'Étoile Mystérieuse

La nuit, ce matin-là, semblait s'être attardée,
Quand trois mages surpris, interrogeant la nue,
Aperçurent soudain une étoile inconnue
Dont l'éclat remplissait le ciel de la Chaldée.

Ils pensèrent alors, en leur âme obsédée
Par la prédiction qu'ils avaient retenue,
Que cet astre annonçait sans doute la venue
Du Messie autrefois promis à la Judée.

Le jour reprit enfin sa marche coutumière,
Mais le rayonnement de l'étrange lumière,
Que seuls ils avaient vue, inondait leurs prunelles.

Puis chacun entendit au profond de son être :
— " Je m'allume au milieu des lueurs éternelles
Afin de vous guider vers Dieu qui vient de naître. "

Le Voyage

Par l'étoile conduits, sur les sables déserts
Dont les fauves remous battent les hypogées,
Leurs caravanes vont, de richesses chargées,
Les offrir en présent au Roi de l'univers.

Un piétinement sourd les accompagne vers
La chaîne du Liban aux cimes ravagées,
Qui, les jours d'ouragan, paraissent érigées
Pour servir de refuge aux faucons dans les airs.

Les rouges profondeurs flambent de canicule,
L'embrasement sévit, le mirage recule,
Et tout le feu du ciel ronge le sol qui dort.

Puis la nuit s'accumule et couvre, maternelle,
Sous l'enroulement bleu d'un voile brodé d'or,
La dune sans contours qui va se fondre en elle.

L'Adoration des Rois

Prosternés devant l'humble crèche tous les trois,
Pendant qu'une lueur céleste les éclaire,
Ils adorent tout bas le Maître de la terre,
Et mettent à ses pieds leurs couronnes de rois.

Ils offrent leur grandeur, leur puissance, leurs droits,
A l'Enfant qui sourit dans les bras de sa Mère,
Et ne voudra plus tard, pour gloire qu'un calvaire,
Pour sceptre qu'un roseau, pour trône qu'une croix.

Ils apportent encor des tapis de Palmyre,
L'encens qu'on fait brûler devant l'autel, la myrrhe
Qu'on réserve au Sauveur des hommes qui naîtront,

Des gemmes et de l'or où chante la lumière,
A Celui qui n'aura, dans la nature entière,
Même pas une pierre où reposer son front.

L'Adoration des Bergers

Les bergers accourus entrent timidement,
Avec l'humilité des simples de la terre
Qui ne comprennent pas la grandeur du mystère,
Dans l'étable où Jésus sommeille doucement.

Ils posent sur le sol des épis de froment,
Du lait de leurs brebis dans un pauvre cratère,
Puis, troublés et craintifs, baissant leur front austère,
S'agenouillent sans bruit et prient naïvement.

Ils disent au Seigneur, qu'ils rêvent secourable,
Combien leur existence est parfois misérable...
Mais pas un, jusqu'à Lui, n'ose lever les yeux.

Comme ils allaient partir, devinant leur présence,
Pour les réconforter d'un souffle d'espérance,
L'Enfant, qui s'éveilla, tendit les mains vers eux.

La Fuite en Egypte

Vers l'Exil

Au milieu du désert où nul ne s'aventure,
Ébloui par l'éclat des sables rutilants,
Joseph, le front penché, de ses pas chancelants
A travers l'infini guide une humble monture.

L'âne de Bethléem, pendant que la nature
Somnole en la torpeur des espaces brûlants,
Porte la Vierge assise et, dans ses langes blancs,
Le doux Enfant Jésus prédit par l'Écriture.

Les deux Époux, perdus en cette immensité,
Contemplent tour à tour Celui dont la bonté
Deviendra le soutien de l'humaine détresse.

Et pendant qu'ils s'en vont, accablés de sommeil,
Le morne Sinaï, qui, tout là-bas, se dresse,
A l'air de supporter le disque du soleil.

Le Grand Désert

Solitude. Néant. Poussière. Immensité.
Silence qui fatigue, exaspère ou consterne.
Mirages enchanteurs dont le mensonge alterne,
Avec l'accablement de la réalité.

Immuable splendeur du vide illimité.
Bourrasques. Tourbillons. Ciel radieux ou terne.
Lointaines oasis, où l'homme se prosterne
Pour boire une eau saumâtre avec avidité.

Cirques. Rochers. Granits debout dans la fournaise.
Vastes entassements : cataclysme ou genèse.
Plaines de sable roux aux reflets d'or bruni.

Rutilance des jours. Bleuissements lunaires.....
L'épouvante et la mort, au seuil de l'infini,
Se dressent à jamais depuis des millénaires.

Le Sphinx

Devant l'immensité, le Sphinx veille toujours.
Les siècles ont pesé sur sa lourde paupière,
Mais l'énigme subsiste, et ses lèvres de pierre
En gardent le secret ainsi qu'aux anciens jours.

Les mortels passeront; les ans suivront leur cours;
D'autres humanités naîtront à la lumière,
Et le vent balayera, dans la même poussière,
Le marbre des palais et le ciment des tours.

La croyance d'hier, comme un rêve, s'efface;
Le regard des penseurs s'arrête à la surface
Sans atteindre le fond des choses d'ici-bas.

Et l'homme est insensé dès qu'il prétend, sur terre,
Au lieu de vivre en paix, arracher leur mystère
Aux sphinx qu'on interroge et qui ne parlent pas.

Le Nil

Sous le blond clair de lune ou l'aube de cristal,
Le fleuve, chargé d'ans, coule avec nonchalance,
Et reflète, parmi la molle somnolence,
Dans ses mouvantes eaux l'azur oriental.

Ainsi qu'un Pharaon noble et sacerdotal,
Il chemine, drapé de chaude rutilance,
Et parfois un palmier, sur la rive, balance
Son feuillage mobile aux reflets de métal.

Muet comme une Isis en marbre de Syène,
Le sphinx, grave témoin de la splendeur ancienne,
Contemple le vieux Nil, père de la beauté.

Et les palais déserts, aux mornes hypostyles,
Attestent le néant des gloires inutiles
En face de la Mort et de l'Éternité.

La Fellahine

A l'heure virginale où, sur le sable d'or,
Glissent les premiers feux du jour qui s'illumine,
Vers le Nil éternel, la brune Fellahine
Descend puiser de l'eau sous les palmes du bord.

D'un geste harmonieux, elle met sans effort
La jarre sur sa tête, et de nouveau chemine
En ses vêtements noirs, où son corps se dessine,
Admirable de galbe et superbe de port.

Elle s'avance ainsi par la plaine déserte,
Offrant entre les plis de sa tunique ouverte
Sa poitrine de bronze aux souffles du matin

Vers le hameau perdu, décroît sa silhouette,
Et le chant des Fellahs qui s'élève au lointain
Trouble l'immensité solitaire et muette.

Le Fils de l'Homme

Jésus chez les Docteurs

L'austère Jonathas, le sage Schammaï,
L'infaillible Hillel à la noble stature,
Et de nombreux docteurs, commentent l'Écriture
Devant le Grand Conseil par leur verbe ébloui.

Chacun d'eux, vénéré de même qu'obéi,
S'efforce à préciser l'existence future
Que Jéhovah réserve à toute créature,
Et proclame la loi transcrite au Sinaï.

Mais un enfant se lève au milieu de la foule :
Un grave enseignement de ses lèvres découle,
Avec des mots profonds d'amour et de bonté,

Pendant que les vieillards, en leur science fragile,
L'écoutent sans comprendre et sans voir la clarté
Qui met en ses regards des lueurs d'Évangile.

Jésus

Pour contempler l'azur, Jésus s'est arrêté.
Il a levé vers lui ses limpides prunelles,
Et tout le firmament qui resplendit en elles
Y reflète sa gloire et son immensité.

Puis il a joint les mains. Sa mystique beauté,
Vierge dans sa candeur de nos tares charnelles,
A l'ineffable attrait des choses éternelles,
Et le rayonnement de la sérénité.

Il prie... On n'entend plus aucun bruit dans l'espace,
La terre se recueille, et la brise qui passe
Caresse en la frôlant sa chevelure d'or.

Et son front de penseur, que l'extase illumine,
Apparaît, au milieu d'une lueur divine,
Plus calme que celui d'un enfant qui s'endort.

Qui est donc ce Jésus?...

Qui donc est ce Jésus?... « C'est un pauvre d'esprit... »,
Disent avec dédain parfois ses proches même ;
Pour les Pharisiens, c'est un fou qui blasphème,
Et voudrait tout savoir en n'ayant rien appris.

Pour d'autres : un mangeur, un buveur, qui prescrit
La désobéissance au Sabbat, et qui sème
Le désordre et l'erreur en voulant que l'on aime
Ceux qui n'inspirent rien que dégoût et mépris.

Quand les Sadducéens sourient de sa chimère,
Les gens de Nazareth, qui connaissent sa Mère
Et ses humbles travaux, nient sa divinité.

Mais la foule de ceux qu'entraînent ses paroles
Comprend le sens caché des simples paraboles :
« Être bon, pour, un jour, être du bon côté. »

Il admire les lys...

Il admire les lys, vêtus plus richement
Que le roi Salomon dans sa magnificence,
Suit d'un regard naïf les fruits en leur croissance,
Et les femmes en train de moudre le froment.

Il s'arrête pour voir les barques, lentement,
S'éloigner sur le lac dès que le jour commence,
Pendant que les pêcheurs font glisser en silence
Leurs filets dans une eau couleur de firmament.

Il écoute la source où l'eau vive murmure,
Contemple les glaneurs, parmi la moisson mûre,
Des épis méprisés faire des gerbes d'or,

Comme il fera plus tard des pauvres qu'on dédaigne
Parce qu'ils sont chétifs et plus humbles encor,
Le faisceau glorieux des Élus de son règne.

Quand le Maître le veut...

Quand le Maître le veut, malgré leur violence,
Les flots et l'ouragan se calment à sa voix.
Au muet il dit: « Parle ! »... à l'aveugle il dit: « Vois ! »...
Et touchant les lépreux chasse leur pestilence.

Les sourds ne portent plus leur fardeau de silence,
Et l'homme à la main sèche allonge enfin les doigts ;
La fille de Jaïre, aux membres déjà froids,
A son premier appel, de sa couche s'élance,

Une veuve sanglote et suit par le chemin,
Le cercueil de son fils... Jésus lève la main :
Le suaire s'entr'ouvre et le défunt s'éveille.

Puis, lorsque vers le soir s'estompent les contours,
Sur cette humanité qui rêve, seul Il veille,
Pour conjurer le mal qui la guette toujours.

Prenez soin, disait-il...

« Prenez soin, disait-il, du modeste héritage
Qu'après de longs efforts vos pères ont laissé ;
Conservez la maison où vous fûtes bercé,
Et la vigne ou le champ qui vous vint en partage.

« Contentez-vous, comme eux, de fruits et de laitage,
Puis, suivant le chemin que leurs pas ont tracé,
Gardez-vous d'obéir à l'orgueil insensé
De ceux-là qui, toujours, désirent davantage.

« N'amassez pas en vain d'inutiles trésors.
Inquiets pour votre âme, et non pour votre corps,
Demandez au Seigneur l'espoir en Sa justice.

« Et quand vous goûterez enfin la paix du cœur;
Laissez au lendemain le soin qu'il s'accomplisse :
A chacun de vos jours suffira son labeur. »

Aimez vos ennemis

« Aimez vos ennemis jusque dans leurs outrances :
Le Pardon, précurseur de calmes lendemains,
N'exige point de lutte ou d'efforts surhumains,
Et vous fortifiera dans vos propres souffrances.

« Aimez les affligés, les humbles, que les transes
Assaillent tour à tour aux marges des chemins ;
En vos jours de bonheur, vers eux tendez les mains
Pour dissiper l'effroi de leurs désespérances.

« Puisque, s'étant toujours meurtris ou méconnus,
Les méchants couverts d'or, les justes aux pieds nus,
Égaux dans la douleur, se retrouvent en elles,

« Ne faites pas de choix entre les yeux en pleurs,
Car Dieu fait ruisseler sa lumière éternelle
Sur les oliviers morts et les vignes en fleurs. »

Pâques juives

Dès que s'ouvre le Temple en son immensité,
Deux cent mille hommes vont, de terrasse en terrasse,
Dans leur obéissance au culte de leur race,
Offrir le sacrifice à la divinité.

Les feux d'ambre et d'encens projettent leur clarté
Sur l'ensemble des tours que le regard embrasse ;
Leurs ardentes lueurs se mêlent en l'espace
Aux immondes relents du sol ensanglanté.

Les prêtres d'Israël, dans l'écœurante orgie,
Frappent, le glaive en main et la robe rougie,
Les agneaux pantelants à l'heure du trépas.

Et le peuple fiévreux, qui piétine les dalles,
Vers l'autel empourpré précipite ses pas
Dans les caillots vermeils où glissent les sandales.

La Cène

Vers l'approche du soir, Jésus a rassemblé
Ses disciples autour de la table pascale,
Où se trouve, selon la coutume ancestrale,
Le rituel agneau dans le Temple immolé.

En son amour sans fin, quand le Maître a parlé,
L'ineffable douceur de son âme s'exhale...
De modestes flambeaux illuminent la salle
Dont l'austère silence est à peine troublé.

Un peu de pain, un peu de vin, quelques sentences
Pour guider à jamais toutes les existences
De l'ombre d'ici-bas jusqu'aux splendeurs du ciel...

Puis la Cène s'achève avec le sacrifice
D'un Dieu qui va mourir, afin que s'accomplisse
L'auguste volonté de son Père éternel.

Marie-Madeleine

Humble comme une fleur aux marges des chemins,
Après avoir été plus fière qu'une reine,
Pieds nus dans la poussière où sa tunique traîne,
Sans gemmes pour son cou, sans bagues pour ses mains ;

Dédaignant la splendeur et l'amour des Romains,
Marie de Magdala, qui s'expose à leur haine,
A quitté pour toujours, repentante et sereine,
Sa demeure de marbre enclose de jasmins.

Le front illuminé d'espérance infinie,
Quand l'ombre violette entoure Béthanie
Où, sous des lambris d'or, rayonnait sa beauté ;

Vers le Nazaréen qu'elle a voulu connaître
La pécheresse va, dans l'émoi de son être,
Riche de ses remords et de sa pauvreté.

Heureux les riches!....

Heureux les riches qui disposent à leur gré
Des trésors d'ici-bas, sans règle ni mesure,
Indifférents aux maux du pauvre en sa masure,
Et sûrs de leur chemin quand il est égaré.

Jeter l'or sans compter afin d'être admiré,
C'est bien ! — Souiller autrui de son éclaboussure,
C'est bien! — Vendre à faux poids, prêter avec usure,
C'est bien!..Pourvu qu'on chante où d'autres ont pleuré

L'homme ne peut valoir que par ce qu'il possède.
Devant des coffres pleins, tout s'incline et tout cède :
Le banquier parle en maître au monarque indigent.

L'honneur et la beauté ne sont, en cette vie,
Que des mots vains et creux pour les simples, l'argent
Est le seul idéal qu'il soit bon qu'on envie.

Heureux les puisssants !...

Heureux les puissants qui, dans leur omnipotençe,
Règnent sur des troupeaux d'esclaves enchaînés,
Et dès qu'un imprudent manque aux ordres donnés,
Prononcent, dédaigneux, l'implacable sentence.

Ils peuvent, pour le prix d'une ignoble pitance,
Exiger les travaux auxquels sont condamnés
Ces hommes qui, comme eux, de la femme sont nés
Pour pleurer et souffrir toute leur existence

Et mourir lentement tous les jours de leurs jours,
Car un tyran se doit de recourir toujours
A la force qui rend l'autorité sacrée.

Heureux les maîtres qui, d'un seul geste de main,
A toute heure, en tous lieux, peuvent, s'il leur agrée,
Voir des milliers de fronts courbés sur leur chemin !..

Heureux les satisfaits !...

Heureux les satisfaits qui ne connaissent pas
L'amertume des pleurs ni le souci des transes,
Et dont les jours heureux s'écoulent sans souffrances,
Par les sentes en fleurs où cheminent leurs pas.

De plaisirs en plaisirs ils vont, jusqu'au trépas,
Réalisant ainsi toutes leurs espérances,
Et libres de jouir, selon leurs préférences,
Des charmes découverts ou des chastes appas.

Calmes comme une vierge Iduméenne assise
Aux pieds des monts, le soir, dans la brume indécise,
Ils comptent leurs bonheurs comme des pièces d'or.

Et dans l'enivrement de musiques troublantes,
Pendant qu'aux alentours la nature s'endort,
L'avenir leur sourit de ses lèvres ardentes.

Heureux les orgueilleux !...

Heureux les orgueilleux qui consacrent leur vie
A rechercher toujours des honneurs répétés,
Et dont les jours ne valent pas d'être comptés
Tant qu'ils n'ont satisfait leur invincible envie.

Et quand leur passion, sans cesse inassouvie,
Les emporte à nouveau vers d'autres vanités,
S'ils reçoivent, joyeux, des rois ou des cités,
Les titres éclatants dont leur âme est ravie,

Heureux soient-ils !... Se rapprocher des potentats,
Fréquenter leurs palais, les suivre en leurs États,
Porter le collier d'or du très haut dignitaire,

Puis s'asseoir au sommet du but que l'on atteint,
C'est savourer, parmi les humbles de la terre,
La rude volupté d'enchaîner le Destin.

Heureux l'impitoyable!...

Heureux l'impitoyable, enivré par le sang
De l'ennemi tombé qui lui demande grâce,
Et qui, rampant vers lui, les bras levés, embrasse
Ses genoux et ses mains de vainqueur tout-puissant.

Oh! tenir son rival à son gré, frémissant,
Perdu dans son honneur et déchu dans sa race,
Et, sans que nul souci de pardon n'embarrasse,
Sentir monter en soi l'orgueil, comme un encens!...

Heureux qui peut ainsi, méprisant l'infortune,
Sans pitié, sans remords, assouvir sa rancune
En écrasant du pied l'adversaire vaincu!

L'homme fort ne doit pas connaître l'indulgence :
Le châtiment d'abord!... car c'est avoir vécu
Que d'avoir, un seul jour, savouré sa vengeance.

Heureux l'homme de joie!...

Heureux l'homme de joie, admis par le destin
A s'éblouir des feux dont la vie étincelle,
Pendant qu'autour de lui l'allégresse ruisselle,
Et que des harpes d'or vibrent dans le lointain,

Au terme des transports et des chants du festin,
Brûlé de volupté dont l'ardeur l'ensorcelle,
Heureux qui peut choisir entre les femmes, celle
Qui le fera crier d'amour jusqu'au matin !

Rire, quand près de soi sanglote la détresse,
Être le Libertin qui passe... Quelle ivresse !
Quelle ivresse de vivre un rêve de beaux jours!

Et grisé des parfums que l'aube fait éclore,
De pouvoir, assuré de les goûter toujours,
Jeter son âme au vent comme on vide une amphore.

Heureux le conquérant !...

Heureux le conquérant, affolé de tuerie,
Qui rugit en ruant ses cohortes de fer
Dans le lourd tourbillon aux flamboiements d'enfer,
Où roulent ses soudards en rouge théorie.

L'âpre massacre hurle en l'ardente furie...
Tant pis s'ils ont aimé, tant pis s'ils ont souffert,
Ces hommes, dont le sang au carnage est offert,
Afin que le vainqueur soit content et qu'il rie !

Oh ! braver le destin, juguler le hasard,
Gravir tous les degrés du monde, être César,
Dominer, dominer les peuples de la terre !...

Être la majesté, le dieu qu'on aperçoit
Formidable, dans l'or, la pourpre, la lumière,
Et gloire, force, orgueil, tout réunir en soi !...

Heureux le potentat !...

Heureux le potentat qui condamne sur terre
Tout légitime espoir en la divinité,
Et méprise, en riant de leur crédulité,
Les simples, égarés dans la nuit du mystère.

Fidèles assemblés ou penseur solitaire
Ne doivent point chercher ailleurs la vérité
Qu'en son omnipotence et qu'en sa majesté :
Tout *Credo* qui n'est point son *Credo* doit se taire.

Après avoir vaincu ses rivaux en tout lieu,
Heureux qui peut encor défier le vrai Dieu,
Pour que sa volonté jamais ne s'accomplisse !

En traquant sans pitié le rebelle qui croit,
Lui donner à choisir : son culte ou le supplice
Par les fauves du cirque ou les clous de la croix.

Il disait : « Bienheureux les simples »

Il disait : « Bienheureux les simples, dont la vie
Humble comme un bélier privé de sa toison,
Des bornes de leur champ au seuil de leur maison,
Dans la médiocrité s'écoule sans envie.

« La paix soit avec eux s'ils vont, l'âme ravie,
Pacifiques de cœur et sages de raison,
Au murmure pieux d'une brève oraison,
Vers le but où, là-haut, mon Père les convie.

« Le riche fastueux succombe en moins de temps
Qu'il n'en faut pour goûter la douceur du printemps
Ou suivre du regard un vol de coccinelle.

« Mais le pauvre en esprit, quand s'éteignent ses yeux,
Entre, resplendissant de lumière éternelle,
Dans la félicité du royaume des cieux. »

Bienheureux
ceux dont l'âme est faite de bonté

« Bienheureux ceux dont l'âme est faite de bonté,
Qui, ne rejettant pas le roseau sur la terre,
Savent, devant l'aigreur du superbe se taire,
Au lieu de se livrer à la même âpreté,

« Doux comme un raisin mûr au terme de l'été,
Répondant à l'affront par l'oubli volontaire,
Ils passent en jetant la graine salutaire,
Pour que germent un jour des moissons d'équité.

« Qu'importe si, parfois, leur vaillance chancelle
Parmi les tourbillons de haine universelle
Où le Juste surpris se courbe en gémissant !

« Ainsi que l'olivier résiste à la rafale,
L'amour, dans la douleur, s'affirme tout-puissant,
Et la voix qui pardonne est toujours triomphale. »

Bienheureux
ici-bas ceux qui pleurent d'amour

« Bienheureux, ici-bas, ceux qui pleurent d'amour
Sur leurs frères en Dieu que le malheur oppresse,
Ou sur les êtres chers ravis à leur tendresse,
Quand l'implacable mort les leur prend sans retour.

« Ainsi que l'eau du ciel féconde le labour,
Les larmes, en tombant sur l'humaine détresse,
Calment l'infortuné dont le front se redresse
Comme la fleur des champs après l'ardeur du jour.

« Mais bienheureux surtout le pécheur ou l'impie,
Qui, torturé d'effroi par ses fautes, expie
En des remords sans fin la chute d'un moment.

« Tous seront consolés à leur heure dernière,
Après avoir appris qu'en ce monde où tout ment,
La douleur seule est grande et le reste est poussière. »

Bienheureux
ceux qui ont faim et soif de justice

« Bienheureux ceux qui ont faim et soif de justice,
Et qui cherchent le droit parmi l'iniquité,
Comme le moissonneur, sous les feux de l'été,
Dans la plaine sans fin guette l'ombre propice.

« Je ferai, sous leurs pas, qu'une eau claire jaillisse,
Et je les nourrirai du pain de vérité,
Pour que, rassasiés durant l'éternité,
Ils soient récompensés de leur long sacrifice.

« J'aurai pour leurs douleurs le baume essentiel ;
Et, comme au jour levant, tous les oiseaux du ciel
Chantent dans les jasmins et dans les térébinthes,

« Les hommes, transportés d'allégresse à leur tour,
Afin qu'à tout jamais les haines soient éteintes,
Établiront les lois de l'immuable amour. »

Bienheureux les cléments

« Bienheureux les cléments dont la miséricorde,
A l'égard des pécheurs aigris ou repentants,
Est l'unique souci des fragiles instants
Que, par aménité, mon Père leur accorde.

« Simples dans leur accueil, sitôt que les aborde
Quelque pauvre honteux aux regards hésitants,
Pour lui faire oublier la rigueur des autans,
Ils le comblent des biens dont leur âme déborde.

« Qu'ils aillent au-devant de chaque désespoir,
Et donnent par bonté plutôt que par devoir,
Sans mesurer l'aumône ou peser le mérite.

« Car au jour d'être absous ou d'être condamné,
Des mains de l'Éternel, que l'égoïsme irrite,
Il leur sera rendu comme ils auront donné. »

Bienheureux les cœurs purs

« Bienheureux les cœurs purs où veille la candeur
D'une vierge à genoux au lever de l'aurore,
Et qui, le soir venu, dans l'ombre prie encore
Afin de mériter les grâces du Seigneur.

« La fange d'ici-bas, d'un flot envahisseur,
Submerge les cités où le mal s'élabore,
Et comme un vin nouveau bouillonne dans l'amphore,
La luxure s'exalte en l'âme du pécheur.

« Mais l'attrait du plaisir n'égare pas les sages
Dont la raison préfère à quelques vains mirages
Les désenchantements de la réalité.

« Pour que la volonté divine s'accomplisse,
Qu'importent les affronts, les larmes, le supplice,
Puisqu'ils verront un jour la suprême Beauté ! »

Bienheureux ceux dont la sagesse

« Bienheureux ceux dont la sagesse accoutumée
Réconcilie entre eux, malgré leur vain orgueil,
Les hommes, ennemis des langes au linceul,
Et dont la suffisance est toujours alarmée.

« Des plus pures vertus leur âme est parfumée,
Ainsi qu'une maison par les roses du seuil ;
Aux bons comme aux méchants ils font le même accueil,
Et leur montrent combien toute haine est fumée.

« Que leur aménité, de même qu'un flambeau,
Guide vers l'Idéal le pâtre et le troupeau,
Le sujet et le roi, le prêtre et le fidèle,

« Pour qu'ayant célébré la concorde en tous lieux,
Ils deviennent un jour, dans la paix éternelle,
Les enfants préférés de mon Père des Cieux. »

9

Et bienheureux enfin ceux qui
pour la justice

« Et bienheureux enfin ceux qui, pour la justice,
Dans leur âme ou leur corps souffrent, persécutés,
Et qui rêvent souvent d'idéales cités
Où l'amour du prochain ne serait pas factice.

« Mais leurs jours s'enfuyant avant qu'on les bâtisse
En la stérile ardeur des efforts répétés,
Ils redoutent toujours, par l'angoisse hantés,
Que le courroux des grands sur eux s'appesantisse.

« Qu'ils passent néanmoins sans se plaindre jamais,
Et, comme, au gré du vent, les pierres des sommets
Roulent avec fracas d'abîmes en abîmes,

« Par le courroux divin, terrassés à leur tour,
Les injustes verront s'ouvrir pour leurs victimes
Les portiques sacrés du céleste séjour. »

Malheur à vous qui volontiers payez la dîme

« Malheur à vous qui volontiers payez la dîme
De l'aneth, de la menthe et celle du cumin,
Mais qui ne voulez pas aimer votre prochain,
Quand la mansuétude est l'impôt légitime.

« Scribes ! Pharisiens hypocrites ! qu'anime
L'orgueil de dominer ce monde où tout est vain,
Sectaires corrompus qui filtrez votre vin,
Pour que, vous croyant purs, le peuple vous estime ;

« Cœurs aux fausses vertus, bouches aux faux discours,
Zélateurs d'une loi que vous faites toujours
Dure pour les petits, pour les autres, clémente,

« Ceux que trompe votre apparente austérité
Tremblent devant un Dieu de haine et d'épouvante,
Alors que le vrai Dieu n'est qu'amour et bonté. »

Malheur à vous qui vous asseyez
sur la chaire de Moïse

« Malheur à vous qui vous asseyez sur la chaire
De Moïse, et restez les prêtres de sa loi,
Pour imposer, par le mystère et par l'effroi,
Ce que, ne faisant pas vous-mêmes, il faut faire.

« Scribes ! Pharisiens ! Chacun de vous préfère
Charger autrui de lourds fardeaux, plus qu'on ne doit,
Sans penser à l'aider, même du bout du doigt,
Au lieu d'en partager le faix de frère à frère.

« Afin que, vus de tous, on vous nomme rabbis,
De gemmes et d'orfroi vous ornez vos habits,
Et vous portez au front le large phylactère.

« Restez, dans les festins et les temples, partout,
Au milieu des splendeurs, les premiers de la terre,
Vous serez les derniers là-haut... Malheur à vous ! »

Malheur à vous dont l'âme à la fureur livrée

« Malheur à vous, dont l'âme, à la fureur livrée,
Voudrait fermer le ciel que mon Père a promis
Aux plus humbles de ceux qui sont vos ennemis,
Parce que, de sa Loi, leur vie est pénétrée.

« Scribes ! Pharisiens ! De contrée en contrée
Vous cherchez tous les jours des disciples soumis ;
Mais lorsque parmi vous ils paraissent admis,
C'est la géhenne qui les happe dès l'entrée.

« Malheur à vous encor ! Vous dévorez le bien,
Vous prenez la maison des veuves sans soutien,
Et vous leur proposez la prière en échange.

« Vous êtes ici-bas, dans le Temple assemblés,
Des sépulcres vivants, pleins d'innommable fange,
Qui rendent l'homme impur dès qu'il les a frôlés. »

Malheur à vous qui nettoyez le bord du plat

« Malheur à vous, qui nettoyez le bord du plat,
Tandis que votre cœur est rempli d'immondice !
C'est votre âme qu'il faut purifier du vice.
Et vous obéirez au Seigneur en cela.

« Scribes ! Pharisiens ! Point n'est d'apostolat
Quand les égarements font mentir la justice !
Pour goûter un bonheur qui jamais ne finisse,
C'est peu de se laver les mains avec éclat.

« L'Éternel qui dicta toutes les lois divines
Vous enverra bientôt, juges de vos doctrines,
Des sages, des martyrs que vous crucifierez,

« Pour que le sang versé dans leur douleur féconde
Retombe sur vos fils et sur vous, qui verrez
Le signe du Pardon se lever sur le monde ! »

Si, portant ton offrande à Dieu...

Si, portant ton offrande à Dieu tu te souviens
Que, même sans motif, ton frère te délaisse,
Retarde ta prière, et d'un pas qui se presse,
Pour calmer sa rancune, auprès de lui, reviens !

Puis rends grâce au Seigneur, maître de tous tes biens,
D'avoir vaincu par lui ton humaine faiblesse,
Et de t'avoir donné, pour suprême richesse,
L'indulgence et l'amour, tes uniques soutiens.

Car c'est en oubliant l'âpreté de l'offense
Que l'homme doit trouver à son tour la clémence,
Quand à la même erreur il s'est abandonné.

Et c'est alors qu'il peut, tourné vers la lumière,
Ajouter chaque jour à son humble prière :
« Pardonnez-moi, Seigneur, comme j'ai pardonné ! »

Ne juge pas autrui...

Ne juge pas autrui pour n'être pas jugé ;
Toute sentence humaine est souvent arbitraire ;
Si tu dois condamner, sois clément au contraire :
Le glaive frappe aussi celui qui l'a forgé.

Tel qui, présomptueux, peut se croire obligé,
Pour un fétu dans l'œil, de critiquer son frère,
Ne s'aperçoit jamais, tant il est téméraire,
Qu'à la poutre du sien il n'avait pas songé.

Réjouis-toi toujours de rendre avec usure,
En échange du mal, des bienfaits sans mesure
A celui que parfois tu croises en chemin.

Même s'il est injuste, et s'il est cruel même,
Qu'importe ! Toi, sois bon et, lui tendant la main,
Fais ce que tu voudrais qu'il te fît à toi-même !

Quand vous priez...

Quand vous priez, n'affichez pas votre piété
Aux angles des parvis, devant la multitude ;
Fermez votre demeure et, dans la solitude,
Inclinez votre front avec humilité.

Et si, vous élevant vers la Divinité,
Pour la mieux implorer dans sa mansuétude,
Vos mots sont hésitants, que nulle inquiétude
Ne trouble votre cœur en sa simplicité.

Dieu n'a jamais prescrit de rigide formule
Où, sous d'humbles accents l'orgueil se dissimule :
Égoïste supplique à l'Amour infini.

L'Éternel, mieux que vous, connaît votre souffrance,
Dites, en remettant en Lui votre espérance :
« Notre Père des cieux, votre nom soit béni !... »

Gardez-vous...

Gardez-vous, en tout temps comme en tout lieu, de faire
Le bien pour qu'on le sache ou qu'on puisse vous voir ;
Si votre cœur est bon, nul ne le doit savoir,
Et montrer à chacun ses vertus, c'est méfaire.

Le sage, que supplie un pauvre, s'il diffère
D'accomplir envers lui son fraternel devoir,
Afin que, sans témoins, il puisse recevoir
L'aumône qu'il attend, obéit à mon Père.

Dans le calme des cieux, l'Eternel n'entend pas
La trompe que l'on sonne au-devant de vos pas,
Pour que, sur vos chemins, le monde vous honore.

Mais il penche toujours son front illuminé
Vers l'ombre où vit celui dont la main gauche ignore
Ce que, loin des regards, sa main droite a donné.

Vous connaîtrez
le vrai d'avec le faux docteur

Vous connaîtrez le vrai d'avec le faux docteur
Par ses fruits. Gardez-vous des hommes d'imposture
Qui viennent, doucereux, au nom de l'Écriture,
Jeter le trouble et le mensonge en votre cœur.

Ne croyez pas que ceux qui crient : Seigneur !... Seigneur !..
Entreront pour cela dans la gloire future;
Toutes les oraisons que l'acte dénature
Sont autant de défis portés au Créateur.

Quiconque entend ma voix et l'observe est un sage
Qui bâtit sa maison sur le roc où l'orage,
La bourrasque et les flots ne sauraient l'ébranler.

Mais quiconque l'entend et l'oublie, incapable
De prévoir que demain les vents pourront souffler,
Ressemble à l'insensé qui bâtit sur le sable.

Ne multipliez pas les mots à l'infini

Ne multipliez pas les mots à l'infini,
Comme les ignorants, pour adorer mon Père,
Mais faites avec moi cette simple prière,
Disait souvent Jésus au peuple réuni :

"Notre Père des cieux, votre nom soit béni !
Que votre volonté s'accomplisse sur terre
Ainsi qu'au ciel. Que votre règne tutélaire
Arrive désormais. Donnez-nous aujourd'hui

" Le pain quotidien. Pardonnez nos offenses
Comme nous pardonnons en toutes circonstances
Les offenses d'autrui. Gardez-nous du péril

" De la tentation qui nous guette à toute heure,
Et pour que le remords jamais ne nous effleure,
Délivrez-nous encor du mal. Ainsi soit-il ! "

Quarante jours...

Quarante jours, quarante nuits sans nourriture,
Seul dans la brume et dans l'aurore et dans le vent,
Sous le soleil qui meurt, sous le soleil levant,
En extase devant l'Esprit de l'Écriture.

Robe blanche, front nu, mains jointes, créature
Conçue et non créée au nom du Dieu vivant;
Plus haut que les déserts où le sable est mouvant,
Plus haut que les humains figés dans l'imposture.

Dominant tous les bruits du monde : hoquets de mort,
Clameurs d'effroi, serments d'orgueil, pleurs de remord,
Souffrances qu'on étouffe et menaces qu'on crie.

Au sommet du Thabor où sa foi l'a porté,
Dans le candide amour de son cœur Jésus prie :
Sentinelle debout devant l'immensité.

La Résurrection de Lazare

« Mon Père ! Je vous rends grâces de ce que vous m'avez exaucé. Si je parle ainsi, c'est à cause de ce peuple qui m'entoure afin qu'il croie que c'est vous-même qui m'avez envoyé »

Jésus.

Au seuil du souterrain

Au seuil du souterrain, Jésus s'est arrêté.
Il pleure en évoquant les misères sans nombre,
La détresse et l'effroi de tous les jours, où sombre
Dans le naufrage du trépas, l'humanité.

—" Père ! Je vous bénis de m'avoir écouté,
Pour ce peuple incrédule..." Et, par l'escalier sombre,
Avec Marthe et Marie, Il s'avance dans l'ombre
Où son vêtement blanc se détache en clarté.

Presque sans les frôler, du bout de ses sandales,
Il descend lentement les marches inégales
Dans le silence lourd qui pèse sur les morts.

Et devant le tombeau dont on glisse la pierre,
Avec la majesté du geste qui libère,
De sa voix grave il dit : `` Lazare, viens dehors ! ''

Lazare, viens dehors !...

—" Lazare, viens dehors !... " Le souffle du mystère
Fit soudain chanceler de terreur et d'espoir
Tous ceux qui, frémissants, croyaient apercevoir
Dans la nuit sépulcrale une ombre imaginaire.

Un silence plus lourd que la paix mortuaire
Accablait ces vivants sous le calme du soir...
Puis un grand cri monta vers le firmament noir
Quand Lazare parut, tout blanc, dans son suaire.

Muet comme un fantôme, il s'avança vers eux
Qui, tombés à genoux, n'osaient lever les yeux,
Courbés sous son regard comme sous la tempête.

Mais quand, devant le Maître, il se fut arrêté,
La foule contempla l'austère tête-à-tête
Du divin thaumaturge et du ressuscité.

Lazare, qu'as-tu vu ?

— Lazare, qu'as-tu vu dans l'ombre d'où tu sors ?...
Pendant ces quatre nuits, en face du mystère,
As-tu pu déchiffrer l'énigme de la terre,
Et l'effrayant secret que connaissent les morts ?

As-tu vu des pécheurs accablés de remords ?
Est-il vrai que la soif du pardon les altère ?
Et doit-on redouter l'heure qui nous libère
Des entraves de l'âme et des chaînes du corps ?

Les rêves d'ici-bas sont-ils vraiment un leurre ?
Vaut-il mieux que l'on vive, ou vaut-il mieux qu'on meure ?
Serais-tu consterné par un nouveau trépas ?...

Les yeux illuminés d'un feu qui les égare,
Ses lèvres, pour parler, s'entr'ouvrent, mais Lazare,
Impassible et lointain, passe et ne répond pas...

Le Chemin de la Croix

Pierre, Jacques et Jean

Pierre, Jacques et Jean traversent le Cédron
A l'heure fugitive où le jour se retire,
Et suivent le Sauveur qui médite et soupire
Sous la brume du soir enveloppant son front.

Des cimes du Moab aux pentes de l'Hébron
La nuit qui s'amoncelle élargit son empire,
Et le Maître pressent qu'au seuil de son martyre,
Pierre, Jacques et Jean tantôt s'endormiront.

Devant la vision des affres du Calvaire
Qu'Il accepte, soumis aux ordres de son Père,
Toute sa chair frémit d'un indicible émoi.

Car ce n'est plus le Dieu, mais l'homme qui subsiste
Et qui murmure en sa douleur : " Mon âme est triste
Jusqu'à la mort. Veillez et priez avec moi !... "

Puis Il s'éloigne

Puis Il s'éloigne à la longueur d'un jet de pierre,
Il s'éloigne et s'enfonce en toute liberté
Dans l'océan d'angoisse et de larmes, porté
Par le divin pouvoir de l'humaine prière.

Alors le doux Jésus qui passa sur la terre
En calmant les douleurs par des mots de bonté,
Tremblant, anéanti, seul dans l'obscurité,
S'effondre sur le sol en s'écriant : « Mon Père !... »

Les bras tendus et se traînant à deux genoux :
« Mon Père !... S'il se peut, ô Vous qui pouvez tout,
Que s'éloigne de moi ce calice de haine !... »

Sous la sueur de sang dont son corps est baigné,
Il grelotte, gémit, attend... puis, résigné :
« Que votre volonté se fasse, et non la mienne !... »

Il quitte le Jardin de l'Agonie...

Il quitte le Jardin de l'Agonie, à l'heure
Où la lune, qui monte à travers le ciel froid,
Étend son blanc linceul dans la nuit qui décroît,
Pendant qu'au pied des monts le vent qui passe, pleure.

Nulle crainte, à présent qu'Il s'offre, ne l'effleure :
Plus fort que sa détresse, Il a vaincu l'effroi;
Et soumis à son Père Il consent à la Croix,
Puisque, dans sa volonté sainte, Il veut qu'Il meure.

Calme, Il va vers le traître, et la sérénité
Du sacrifice humain, librement accepté,
Illumine son front de gloire surhumaine.

Torches qui brûlent; rumeurs qui grondent; soldats,
Prêtres et foule qui menacent, fous de haine...
Jésus va recevoir le baiser de Judas.

Maître, je vous salue !...

—« Maître, je vous salue !.. » Et le traître s'avance.
Il s'incline devant le Juste qui, tout bas,
Implore la pitié pour tous les renégats,
Dans la candeur de son insondable clémence.

Il devine, à travers les siècles, la démence
Des fourbes qui vendront leurs frères ici-bas,
Et qui, pour un peu d'or, semblables à Judas,
Ne craindront pas de crucifier l'innocence.

Sur les lèvres de bien des hommes qui naîtront,
Il sait que des baisers sans nombre s'offriront
Pour attester l'amour en cachant la menace.

Et c'est pour racheter, dans la suite des jours,
Les reniements de ceux qui mentiront toujours,
Qu'Il pardonne à Judas, lorsque Judas l'embrasse.

Pendant que le Conseil des Prêtres délibère

Pendant que le Conseil des prêtres délibère
Chez Anne, devant qui le Juste fut conduit,
Serviteurs et soldats, sous la lune qui luit,
Discutent dans la cour, près du feu qui l'éclaire.

Pierre, assis à l'écart, écoute, solitaire.
Une femme s'approche et, dominant le bruit :
— « N'étais-tu pas avec l'imposteur, cette nuit ?...
— Non, je ne connais pas cet homme !...», affirma Pierre.

Un coq chanta. L'apôtre voulut fuir. Soudain :
— « Nous te savons l'ami de ce Galiléen !... »,
Lui crièrent-ils tous... Il renia son Maître.

— « Tu mens !.. On reconnaît ton pays à ta voix !..»
Il renia son Dieu, tremblant de tout son être...
Alors le coq chanta pour la deuxième fois.

Jésus regarda Pierre

Jésus regarda Pierre... Or l'apôtre comprit
Le reproche muet qui tombait sur son âme,
Et devant la douceur plaintive de ce blâme,
Il pleura de regret, de honte et de mépris.

Pleure ta trahison ! Pleure sur les débris
D'un amour renié par crainte d'une femme,
Toi qui le proclamais ardent comme une flamme,
Quand le Maître, au Cénacle, en jugeait seul le prix.

Pour ton œuvre à venir, il faut que tu connaisses,
Afin d'être indulgent aux humaines faiblesses,
Combien l'esprit est prompt et faillible la chair.

L'homme est un insensé qui brise ou qui blasphème,
Lâche ou présomptueux, ce qu'il a de plus cher...
Il faut aimer jusqu'à la mort, lorsque l'on aime.

Un homme étrange

Un homme étrange avait gravi le Moriah :
Hagard, échevelé, plus de sandales
Aux pieds, la robe ouverte, il errait sur les dalles,
Dans la cour d'Israël, où jadis il pria.

Soudain, avec des mots entrecoupés, il s'écria :
Devant les prêtres, sous les voûtes synodales :
—"Traître, menteur et renégat !. Tous les scandales !.
Salut, Maître !... Un baiser !... Maudit et paria '...

—"J'ai vendu l'Innocent... J'ai livré la Victime... "
Ses yeux brillaient de démence : — " Mon crime
Est éternel !.. Pardon Jésus !... " Puis se dressant,

Il lança vers l'autel embrasé de lumières,
Dans un grand geste de dégoût, le prix du sang,
Et les trente deniers gémirent sur les pierres.

Entre les bâtiments...

Entre les bâtiments proches du Gabbatha,
Avec des cris de mort et des hoquets d'ivresse,
Pour réclamer l'apôtre et narguer sa détresse,
Se rassemblent les Juifs que Caïphe ameuta.

Depuis qu'au point du jour cette foule monta
Vers le temple, elle attend que le Maître paraisse,
Et parmi ses clameurs de haine ou d'allégresse,
En gronde une autre, sans répit : " Le Golgotha !..."

Petit, les cheveux courts à la mode romaine,
Pontius-Pilatus ordonne qu'on amène
L'homme qu'il considère encor comme innocent.

Et Jésus vient, sous la menace universelle,
Laissant à chaque pas, de son corps qui ruisselle,
Sur le pavé de marbre une trace de sang.

L'humanité suivra...

L'humanité suivra ces divines empreintes
Que n'effacera pas le cortège des jours.
Devant l'effondrement des temples et des tours,
Dans le tragique effroi des doutes et des craintes,

Sous le poing des César et le fouet des contraintes,
Au milieu des clameurs plus dolentes toujours,
Parmi tous les gibets dressés aux alentours,
Après les faux serments et les louches étreintes,

Qu'ils soient vêtus de bure ou du manteau royal,
Les hommes que leur foi cambre vers l'Idéal,
Harcelés par les coups des terrestres naufrages,

Marcheront sur la trace où, la chair en lambeaux,
Le Maître s'avança, le front chargé d'outrages,
Pour qu'une aube d'espoir éclaire leurs tombeaux.

La vérité ?... Tu veux la connaître, Pilate ?

La vérité ?... Tu veux la connaître, Pilate ?...
— C'est le frémissement de l'âme qui conçoit
Le mystère d'amour que l'homme porte en soi,
Ardent comme un flambeau qui, dans la brume, éclate.

C'est le cri du martyr, sous la pourpre écarlate
Du sang triomphateur qu'il verse pour sa foi,
Alors que plus puissant et plus noble qu'un roi
Il s'entend outrager par une foule ingrate.

C'est la lumière astrale éparse dans les cieux,
Qui met des reflets d'or sur les haillons des gueux,
Et dissipe l'effroi des terrestres alarmes.

Et ce sera toujours, durant l'éternité,
Le rameau d'idéal, fécondé par ses larmes,
Au pied du Golgotha qu'un Juste aura monté.

La vérité, Pilate !... Elle parle à ton âme

La vérité, Pilate ! Elle parle à ton âme ;
Elle commande, exige, implore... tu l'entends !
Si tu veux être juste, abrège les instants,
Ou bien repousse-la, si tu veux être infâme

L'heure sonne à ton choix l'allégresse ou le blâme,
Et la lumière s'offre à tes pas hésitants ;
N'attends rien de César ni de Rome ; n'attends
Que de ton équité le droit qui s'en réclame.

Considère ton rôle et regarde plus haut
Que cette humanité, tumultueux chaos
De haines et d'effroi, de maîtres et d'esclaves.

Mais si tu n'oses pas absoudre l'Innocent,
Jusqu'à ton dernier jour, sur ces mains que tu laves,
Tu seras consterné de retrouver du sang.

Jésus est ligoté

Jésus est ligoté, nu jusqu'à la ceinture,
Au gibet du forum où tout le monde accourt;
Et le fouet en sifflant cingle avec un bruit sourd,
De ses boules de fer, la douce Créature.

Une clameur s'élève à chaque vergeture;
Pharisiens et soldats accablent tour à tour
Celui qu'hier encore on suivait par amour,
Et qu'aujourd'hui la foule en démence torture

Ainsi l'Humanité qui s'agite ici-bas
Condamne l'Innocent, libère Barabbas
Et préfère toujours à la lumière l'ombre.

Mais quand Jésus chancelle, effrayant de pâleur,
Il oublie, au milieu des sarcasmes sans nombre,
Dans son rêve divin, son humaine douleur.

Voilà l'homme

— « Voilà l'homme ! » Jésus garde sa majesté
Sous le débordement de l'humaine folie ;
Il contemple, muet et grave, cette lie
Que sa clémence absout dans sa postérité.

Puisqu'ils blasphémeront toujours la vérité,
Ces déments, qu'Il écoute avec mélancolie,
En priant l'Éternel pour eux tous, Il oublie
La couronne et les coups qui l'ont ensanglanté,

— « Voilà l'Homme ! » Pilate après Judas le livre :
Pilate craint Tibère et Pilate veut vivre...
Mais plus grand que César et les rois à venir,

Le Maître des Pardons et des Miséricordes,
Pour faire devant lui le geste de bénir,
Cherche à lever ses mains que meurtrissent des cordes.

Jésus sort du prétoire

Jésus sort du prétoire, où la foule hurlante
Dans sa haine rugit : *Tolle, crucifige !...*
Et va, sous les crachats dont il est outragé,
Le torse ruisselant d'une sueur sanglante.

Blême, les yeux éteints, la démarche tremblante,
Écrasé par la croix dont les Juifs l'ont chargé,
Mis au rang des voleurs, avili, fustigé,
Il souffre mille morts en sa chair pantelante.

Les vêtements souillés et les cheveux épars,
Entouré de bourreaux venus de toutes parts
L'accabler sans merci de blasphèmes infâmes,

Il reçoit en chemin le déchirant adieu
Que sa Mère éplorée, entre les Saintes Femmes,
Adresse à son Enfant, et la Vierge à son Dieu.

Mater Dolorosa

« Pour vous, un glaive transpercera votre âme »
                                        Siméon.

Indiciblement lasse...

Indiciblement lasse à force de souffrir,
Mais vaillante, malgré son angoisse infinie,
La Vierge suit Jésus qu'on frappe et qu'on renie,
Sans que nul, ici-bas, n'ose le secourir.

Oh ! que la route est longue encore à parcourir
Sous l'odieux fardeau, si lourd d'ignominie,
Avant que, délivré de sa lente agonie,
Il en arrive au terme et puisse enfin mourir !

Réprimant ses sanglots, les paupières meurtries,
Fantôme haletant parmi les railleries,
Pieds nus, cheveux défaits, les yeux vides de pleurs,

Pendant que s'étourdit la populace immonde,
A côté de son Fils la Mère des Douleurs
Gravit le Golgotha pour le salut du monde.

Le Crucifiement

> « *Mon Père, je remets mon âme*
> *entre vos mains* »

Suivi d'un peuple vil

Suivi d'un peuple vil qui l'entoure et le presse,
Jésus arrive enfin sur le rocher maudit,
Et sa chair, défaillante un instant, se raidit
Pour supporter encor son immense détresse.

Les bourreaux, aveuglés par la haine et l'ivresse,
L'étendent sur la croix, et la foule applaudit
Quand le marteau de fer, que l'un d'entre eux brandit,
Tombe sur le Martyr, et de nouveau se dresse.

Son sang jaillit partout; ses os craquent; ses flancs
Halettent, contractés ; ses membres ruisselants
Se tordent... Un grand cri déchire sa poitrine.

Dans un souffle, Il pardonne aux Juifs comme aux Romains
Puis, d'une voix puissante, affirmant sa doctrine :
« Mon Père, je remets mon âme entre vos mains... »

TABLE

EDITIONS SPES

17, rue Soufflot, Paris (V^e)

A. BLANC-PÉRIDIER.— *La route ascendante
de Maurice Barrès.* Préface de Ch. Maurras. 10 francs

Jacques DEBOUT. — *L'Ame du Feu.* Poè-
mes de guerre et d'après................... 6 fr.

GÉRARD-GAILLY. — *L'enfance et la jeu-
nesse heureuses de Madame de Sévigné.* Réfuta-
tion d'une légende......................... 7 francs

Francis JAMMES. — *Brindilles pour rallumer
la foi*................................... 5 francs

Paul LESOURD, archiviste paléographe. —
La terre et les morts de Maurice Barrès...... 4 francs

Jean NESMY. — *Contes Limousins,* 80 illustra-
tions de G. Dardaillon................... 15 francs

Alfred POIZAT. — *Pour l'Humanisme.* Deux
volumes. Chaque volume.................. 10 francs

Alfred POIZAT. — *Théâtre complet.* Deux
volumes. Chaque volume.................. 12 francs

A. REBSOMEN. — *Notre-Dame de Lourdes.*
Album du pèlerin .... 30 francs

Emile RIPERT. — *Le Poème d'Assise.* Pour le
VIIe centenaire de la mort de Saint François. 12 francs

Gonzague TRUC. — *Quelques peintres de
l'homme comtemporain* .... 9 francs

www.ingramcontent.com/pod-product-compliance
Lightning Source LLC
LaVergne TN
LVHW021447170726
843501LV00005B/1533